축전 詩 문학

죽전 詩 문학

2022 제8집 · 죽전시문학회 편

한누리미디어

| 발간사 |

동인지 제8집을 발간하며

태어날 땐 누구나 부처요 예수란다
세상이 고요한 심연 같은 순수함에서
하나의 티끌로 존재하게 됐을 때
우리는 얼마나 작았을까?

시인이란 말은 참 아름답다
허름한 국밥집 벽에 주인이 쓴 시 한 수
국밥에 말면 그 국밥은 예술이 된다

시인이라고 누군가 불러 주었을 때
자비와 지혜와 사랑은 꽃으로 핀다
그래서 많은 사람은 시인을 꿈꾼다

한 송이를 안아도 가슴에 가득 차는
익을수록 오묘하게 심미감審美感으로 다가와
보는 이를 넉넉하게 하는 수국

가만히 들여다보면 아롱다롱 빼곡히
채우고 있는 꽃잎들
『죽전시문학회』는 그렇게 여덟 번째 만개했다

땅은 보드랍고 뿌리는 튼튼하여
줄기는 마음 놓고 하늘을 향한다
영원무궁토록 피고 피고 또 필 것이다

용인시 문학창작지원금 대상 작품 공모전에서 당선된
우리의 동인지는 우리 회원들에게 영광이요 자부심이다
오랫동안 기억될 것이다

2022년 8월

죽전시문학회 회장 **김 정 희**

| 초대시 |

소나무야

쏴— 솨아—
바람 불고 물진 날에도
살랑살랑 푸른 바람 일으키며
풍겨나는 솔내음

비탈이나 계곡에서도
앉은 자리 뿌리내려 발돋움하고
어깨 위로 하늘빛 우러르는 그대

오월 어느 날 천지간에 뽀얗게
송홧가루 쏟아내며
솔방울 속 씨앗도 챙기느니

김태호

그대의 슬기로운 지혜
그 누가 알아볼 수 있으리

어슷한 가지 사이
새들의 보금자리 내어주고
한가로이 노랫소리 엿듣는 그대

그저 올곧게만 지킬 것이라
세상 시름 놓아둔 채
혼자서도 외롭지 않은
늘 푸른 소나무야,

차례

김명자 편

Contents

김정희 편

차례

박춘추 편

Contents

손선희 편

차례

손정숙 편

Contents

오정림 편

차례

이경숙 편

Contents

최서윤 편

차례

최영희 편

Contents

표석화 편

차례

한지혜 편

김명자

• 부산동래여고 졸업
• 죽전시문학회 회원

시어 찾아

잠도 쉬는 시간 필요해
날 깨우고 놀자 하네
쓰작거린 노트 속
보물 찾으러 뒤적뒤적

기다림에 하얘져 버린
책벌레 한 마리
진주 하나 물고 나와
목청껏 잠을 부른다

황혼 길에 서서
지는 해 잠시 붙들어 놓고
노을에 불붙이는
가여운 시인.

민들레

봄이다
노란 얼굴로 인사하는
여기 저기 환한 웃음

강강술래
숨바꼭질
까꿍거리며

사진 찍고 싶어
키 맞추자니
내게 누우란다

아무 말 없이
겸손히 다가와
따라 눕는다.

현충일

70년 지난 오늘은
아버지
오시는가요?

태극기 옆에 앉혀 드리고
아버지 무릎에 머리 박고
어리광 부리고파

딸 머릿속엔
오직 한 장의 사진과
끈 없는 나막신 두 짝

언제 달아주러 오시려나
오늘도 기다리는
그리움 70년

오늘 아침은 일찍부터
비가 내리네요

아빠가 우시나요?

하얀 장미 한 다발
빗속으로 올립니다.

갈매못 가는 길

차창 밖 마을
밭 갈고 고른 자리
불그레 물든 땅
순교자의 흔적인가

물 가둔 논
커다란 거울 깔아놓고
앞산 소리 없이 내려와
침묵하며 앉았네

먹이 찾는 왜가리
논물 휘저어 물거울 깨지고
흐려진 상처 아물 즈음
기도하던 산은 어디로
하얀 꽃잎만 동동 떠도네

찔레나무
가시 면류관 쓰고

낙조에 물드니

주황빛 미소가 아파오네.

그랜드마더 댄스

맘대로
부끄러워 추지 못한 춤
바깥세상 돌고 오다

배움 없이 음률에 맞추어
자유롭게 흔드는
몸짓과 춤사위
살아온 한을 풀어낸다

무용수 손놀림 눈짓 하나
흔들림 없는 어울림

고풍스런 극장 안
신비의 호기심 분위기

몸에 흐르는 피는
어쩔 수 없는 우리 것
관객과 하나로

흥겨운 끝내기 한판
막은 내리고

틀을 깬 할머니 무대
가슴 벅찬 행복이
내내 떠나지 않는다.

벌레의 언어

이름 모를 벌레가
갉아 먹은 낙엽 하나
갑골 문자인가
알파벳 문자인가
삐뚤빼뚤
　　I LOVE YOU
잎을 갉아 먹으면서도
너를 사랑한다고
그 낙엽 하나 들고
화두를 풀어본다

연둣빛이 이쁘다
초록잎 뒤에 알 낳기
그늘 만들어줘
곱게 물든 단풍 속
예쁜 집짓기 좋았어
아부하였지

베풀어 준 은혜
감사하는 벌레의
언어표시였어

벌레 먹은 낙엽
더 멋있어.

밤꽃향기

대지산은
밤나무도 키운다

6월이면 온 동네를
취하게 하는
야릇한 향을 뿌리며

온갖 꽃향기는 여인
오직 남자의 향을 가진
밤꽃 못생겨도 의기양양

새침한 여인
밤 숲에 오면
진심어린 사랑고백에
답하게 하는 향

어머니 두 손 모으게 하는
삼정승을 안은 열매

제사상에 오르는 명예

밤꽃향기 머리맡에
두고 잠드는 사랑의 마을
축전이 있네.

봄, 바람

정자나무
밑둥에 자리잡은
노란 하얀
봄처녀들

동네 직박구리
몸단장하고
나뭇가지에 앉아
사랑의 세레나데
목소리에 반한 처녀

소문 듣고 날아온 바람
씀바귀 가는 허리 감고
함께 춤추네

쿵짝짝
봄의 왈츠곡
화려한 무도장

밤새는 줄 모르네

봄, 바람.

카톡톡

마을시문학회에
첫발을 디딘
벼슬 빠진 늙은 암탉

톡톡 아침인사 알 낳는 소리에
마른 눈꺼풀 꺼벅거리며
기죽어 있다가

시어들 알 깨는 소리 따라
날개 털며
도서관으로 뒤뚱뚱

이제 가갸거겨
첫걸음인들 어떠리
먼저 자리잡고 있는데

오늘도 톡톡
꽃은 피고

새로운 시어 만들고 있는 사이

늙은 암탉 하는 말
짝짓기 없이도
알을 낳을 수 있다고

무정란 품고
꼬꼬댁 꼬꼬.

김정희

• 『문학과 비평』 시 등단
• 죽전시문학회 회장

무쇠 솥

늙어 보지 않고
젊음을 얘기할 순 없지

뜸 들이는 아궁이 앞에서
부지깽이로 잔불 긁어내
간고등어 석쇠에 올리고

손때로 기름 입힌 솥
행주로 한 번 닦아주면
솥뚜껑엔 별이 와르르 내려앉는다

구들장의 수다는
누가 가져갔을까?

식솔들 떠나간 빈 집
먹을 것 없는 부뚜막엔 거미줄이 기웃거리고

왁자한 옛날을 한 솥 안쳐 놓고

주인 잃은 한숨만 늙은 무쇠 솥 위에 앉아 있다

허물어진 담장 밑
허리 굽은 바람이 쉬었다 간 자리

조랑조랑 열린 봉숭아 꽃잎들
식어 버린 무쇠 솥 안에서
빨갛게 익어가고 있다

내 손인데 내 것이 아닌 듯

봉숭아 꽃잎 따서
손톱 위에 얹어 놓고
아침을 기도하던 애송이 손

책장을 넘기며 소설 속의 주인공을 꿈꾸던
열아홉 살 손은 주인공을 따라갔다

시집살이 삼 년에 닳아버린 지문은
주소조차 잃어버리고

잡을 곳 없는 벽을 오르느라
구부러진 손마디의 한숨이 들린다

튤립을 닮은 찻잔이 손 안에서 따뜻할 때
주름진 손은 모처럼 호사를 하고

늦게 철든 마음이
아픈 손가락 꼬옥 보듬으며
애썼다 애썼다 위로해 준다

공원묘지

오월의 연둣빛은 물오른 아카시아 향
산비둘기의 날갯짓에
꽃내음 자유롭다

바람은 빨랫줄에 펄럭이는 하얀 옥양목 같고
해맑음 아래 느긋한 고요가 졸고 있다

베옷 한 벌 입고 빈손으로
일광욕을 즐기는 무덤들

아옹다옹 살아온 세월을 앞세우고
죽어서는 각방 쓰자는 고집이 부끄러워진다

함께 들어갈 유택 마련하고 돌아오는 길

산을 베고 누운 노을이 해탈한 노승 같다

달빛 추억

병풍산을 두르고 논밭을 친구 삼아
두 다리 펴고 앉은 달빛 마을

노을이 산 위에서 졸고
어둔 녘이 찾아오면
밤자락은 나지막한 지붕들을 덮는다

둥근 달이 구름 사이로
얼굴을 내밀면
서 있는 자리가 뻴쭘한 가로등

마당은 달빛으로 깔아 놓은 무대가 되고
배롱나무의 분홍 꽃은 수줍은 주인공

무슨 할 말이 꼭 있는 것처럼
감나무 가지를 붙잡고
방안까지 따라 들어온

작년에 담근 머루주 한 잔 따라놓고
달빛에 취한다

네온 불빛이 환한 찻집에서
라떼 한 잔 앞에 두고
오늘은 달빛 추억에 젖는다

기와지붕

고대광실은 한 때의 영광이었다
허공을 호령하던 용마루의 기운
백리 밖까지 쩌렁쩌렁 힘찼다

겨울 담장 위에 서릿발 같던
사랑채의 헛기침 소리

도란거리던 식솔들은 제 울타리 만들어 떠나고
시간의 흔적은 처마 끝에 한숨으로 매달려 있다

덧댄 기왓장은 비에 젖어
금간 사이로 천정에 지도를 그린다

솟을대문은 이제 돌쩌귀마저 녹슬어
여닫는 소리조차 아득하고
하루를 감당하기에 오늘이 숨차다

건너편 마을의 재개발로

하늘로 올라가는 아파트의 위용
언제쯤 저 바람 이곳에 닿을지
기와지붕이 가슴을 졸인다

가버린 발자취 한낮의 짧은 푸념
굳어진 발바닥 두께만큼 고달팠던 삶이 아련하다

엄마와 항아리

파아란 하늘에 그어진
하얀 실금이 새털구름으로 피어난다
초점 잃은 시선 속에
눈물방울 뚝 떨어진다

하루에도 수백 번 불려서
닳고 닳아

백로의 깃털처럼 무서리 내리고
세월의 나이테 겹겹이 품은 엄마

장독대에 엎드려 비바람 맞다가
아파트로 이사 가는 날
망치로 한 방 맞고 별이 된 항아리

이름의 무게가 서서히 내려앉으며
꽃이 되어 누운 항아리 옆에
엄마의 시간이 사려 앉는다

동백나무

마른 나무 등걸에서
꼭 해야 할 말이 있는 것처럼
묵은 시간을 밀어내고 움을 틔운다

샛바람 부는 아침
가지들을 잘린 채 내게로 온 동백
아직도 환지통을 앓는다

베란다 한 켠 던져둔 무관심
호흡마저 힘들었을 친구의 선물

어디서 무슨 꽃으로 핀들 꽃 아닌 게 있을까?
꽃대 하나 올리지 못한
젊은 날의 방황이 마른 동백에게 앉아 있다

다당 따당 꽹과리 소리처럼 동백꽃이 피어나길
기도하며 분갈이하던 날
자양분 한 모금 주지 못한 내 삶도
괜찮다 괜찮다 다독여 본다

부추꽃 당신

검은 머리 뽀글이 파마하고
양장으로 멋 낸 여인들 사이에
부추꽃처럼 하얀 당신

학부모 총회에 오신 쪽진 비녀가 부끄러워
시선을 돌렸던 철딱서니

입맛 없는 밥상에 한 넙데기 전으로
칼칼한 부추김치로

잘리고 또 잘려도 몸 바쳐
평생이 고달팠던
부추 같은 인생

하얀 꽃 피워
속내 다소곳한 엄니

당신 생각 날 때면

가슴에 박힌
못자국이 덧난다

흰 부추꽃 내게도 피었다
그리움이 꽃처럼 핀다

사랑의 배달부

팔월에 내 품에 핀 강아지 꽃

딸내미는 워킹 맘
할미는 강아지 맘

동화처럼 삼 년이 지났더니 사랑 꽃이 핀다

쥐방울만한 손에 연필을 쥐고 삐뚤빼뚤
사랑을 쓴다

—할아버지 사랑해요
—할머니 사랑해요
—아빠 사랑해요
—엄마 사랑해요

참새만 한 가슴에서 퐁퐁 솟는 사랑

아빠 지갑 밑에

엄마 화장대 위에
할아버지 손 안에
할머니 베개 밑에

사랑의 편지 배달에 종종걸음이
노오란 병아리 같다

그 사랑 주는 대로 받아먹고
할미는 배불뚝이가 됐다

섬과 섬 사이

달이 바다를 대려 가면 갯벌엔
누군가 그리다 만 화폭이 펼쳐진다

붓질하다 숨어버린
거친 숨소리가 뻘 속에 수선스럽다
아낙들이 널배를 밀며
손놀림이 바람 같고
고무통에는 아픈 허리가 쌓인다

햇빛이 바다 등을 밀며 득달같이 좇아올 때
파도는 뭍을 향한 그리움에 발걸음이 바쁘다

물러섬과 다가섬 사이에서
끼니를 이어가는 여인네의 한숨을
갯벌은 삼키고

해넘이에서 잔잔한 무료가 석양을 이고 있다

박춘추

- 국립철도고등학교 졸업
- 『한국현대시문학』 신인상 등단
- 죽전시문학회 회원
- 한국문인협회 회원
- 시집 《굽잇길 볼록거울》

오래 전, 그 사람

무성하게 커가는 나무
잎은 잎대로 가지는 가지대로
뿌리는 더 엉클어졌지

잘 되는 것에 대한 시새움
우람한 나무가 밉다고
너무 크다고 그늘진다고
자신을 괴롭힌다고 자르고 비틀고

잘린 몸통은 장애되어 아파하고
버려진 잎과 가지는 여기저기 내동댕이
한 몸일 땐 몰랐는데
잘려진 후에야 이별의 아픔 알았네

톱과 절단기 들고 무작정 덤벼
난도질하는 사람은 누구란 말인가
생각할수록 이해할 수 없는
이미 잊혀진, 오래 전 그 사람

낮달

존재하는데도 인식 못하고
언젠가는 보여질 것이라는
부푼 기대 속에 오늘도 나는
홀로 높이 떠 있다

강렬한 태양이 내리쬐고
파란 하늘이 시기하여
하얗게 변해 버린 민낯이 서러워도
수많은 별들이 위로해 주어 다행이네

추잡한 것이 보이지 아니 하는
까만 밤이 좋아 노랗게 물들었는데
자신은 깨끗하고 밝다는 빛이
오히려 못 볼 것을 드러내는구나

몸을 숨기지 아니하고
희미하게나마 높이 떠 있지만
때가 되면 본래의 모습으로 돌아가
진실 된 나의 사랑 전해 줄께

추억은 아픈 것

지난 일을 돌이켜 생각하면
비시시 웃음이
쓰디쓴 아픔이
무의미의 덤덤함도 있지

우리에게 추억이라는 의미는
행복했었는가
불행했었는가
아무 생각도 없었는가

때론 기억의 상실이 값질 때도 있지
그때 그것만으로
모두 잊어버리고
생각하기도 싫으니까

우리의 삶이 핑크빛만은 아니었잖아
그게 추억이라고
혼자 그리며 살아가는 거야

다시 올 수 없으니까, 그래서
추억은 서글프고 아픈 것이지

괜찮은 두 사람

더 이상 묻지 마소
예쁘지도 않고 돈도 없고
학력도 경력도 뽐낼 것 없는
걍 그저 그런
괜찮은 년 하나 만났습니다

년이라 하기엔 너무
촌스러워 여자라 하겠습니다
나도 괜찮은 놈이기에

유머러스한 재치와 향긋한 미소로
가려운 곳 긁어주고
부담을 주지 아니 하고
분수를 지키고 행동하며
지혜롭고 편안한 여자
그리고 남의 눈길을 미리 알아차리며
센스 있고 내면이 청아한 여인

허옇게 늙어가면서
남아있는 인생이 별 거냐며
오늘을 순간을 즐기는
멋진 년과 멋진 놈이 되어
괜찮은 만큼만 놀아보자는 두 사람

오늘도
다정스런 연인이 되어
봄꽃 만발한 오솔길 걷습니다

실버타운의 멋과 아픔

인구 변화가 심해진다지
출생률이 줄어들고
노령화는 증가하고
불균형의 심화에 따른 생활의 지혜

부부가 노후 준비로 스스로 입주도 하고
자녀들이 효도한다고 부모에게 제공하기도 하고
경제적 여유가 좀 있는 노인들이 모이는
이름하여 실버타운

각종 나무와 꽃으로 아름답게 꾸며진
널찍한 공간에 높다란 건물
수영장 골프연습장 헬스장 등 다양한 시설
식사시간엔 맛난 음식도 제공되지

입주 초기엔 활발하게 시작하지만
노화는 빠른 것, 몸은 아파 오고
거동이 힘들어지고, 심지어 이혼도 하고

머잖아 홀로 되는 노인도 많아지지
아담한 공간의 거실과 침실도
서글프게 쪼그라드는 실버타운의 아픔
그래도 쉽게 떠날 수 없는 삶의 공간

신생아는 갈 곳이 있지만
병들은 노인은 갈 곳이 마땅찮아
시설은 녹슬고 쓰레기는 쌓이고
죽음의 넋이 도사리는
인적 끊긴 서글픈 곳이 될까 두려워

그날의 회상

숲속의 자작나무 카페
코끝 간질이는 짙은 커피 한 잔
탁자 위에 놓고 초점 잃은 시선
피아노 건반 위에 고양이 졸고
조용한 클래식 기타 음악 퍼지면
이미 잊혀버린 추억이 꿈틀거리지

높푸른 하늘에 유유히 날으는 여객기
망망대해 물살 가르는 여객선
해변 길 따라 굽이굽이 달리는 관광열차
울창한 숲 곧게 뻗은 아스팔트길
소리 없이 미끄러지는 빨간 관광버스

그런 날들이 있었지
그래 있었어
추억이 있었으니 그리워지는 거야
또 올 수 있으려나
암– 오겠거니 하며 사는 거야

알맞게 따스한 커피 입술 적신다
창밖에 하얀 백합 한 송이
너의 모습 꽃 속에 어른거린다
행복한 날들이었어

가시밭의 너, 보고파

매연 가득하고 차와 사람 북적거리는 곳
작달막한 키에 칙칙한 푸르름
조화造花 같은 꽃이 힘겨웁게 매달려
떼 지어 가쁜 숨 고르고 있다

의미 없이 뾰로통하게 오므린 입
하얗고 붉고 커다랗게 벙그러진 꽃
홍등가의 요란한 여인인 양
분위기에 어울리지 아니 하는 어색한 자태
그 밑에 표지판이 백합이라네

사람들이 생태를 변형시켜
모습은 부자연스럽고 아리송하지만
코에 스치는 향기가 되살아나
머리와 가슴에 아련한 너의 옛 추억

원초적 순결 그리워 먼 하늘을
가시밭의 한 송이 흰 백합화

가냘프고 청초한 한 떨기의 순수
어디서 그 고귀함
찾아볼 수 있으려나

낙장불입落張不入*

하느님과 천사들
화기애애하게 꽃놀이패를 돌린다
추위를 견딘 매화꽃이 피더니
화사한 장미가 그리고 하얀 국화가

예수님과 12제자
순응하듯 둘러앉아 조용하다
순간의 자기 이해타산에 빠진 제자
한 순배의 포도주가 더럽혀진 낙장을 씻기우고

부처님과 스님
산중에 돗자리 깔고 패를 돌린다
이권다툼으로 요란법석
108번뇌 마음 다스리고 몸을 조아리지

야바위꾼들
했다 안 했다 반목으로
엽전과 지폐가 하늘을 날고

시끌벅적 주먹이 왔다 갔다

여야 정치인들
넥타이 매고 점잖은 척 폼 잡고
일방통행법 만들어 서로 옳다고 아귀다툼
우왕좌왕 왁자지껄 들었다 놨다
정말로 가관이네

하늘의 신은 자연스레 이루어지는데
인간들은 별의별 법과 규칙을 정해 놓지만
되는 것은 아무것도 없어
낙장불입이라는 멋있는 말은
오로지 단어일 뿐
오히려 다툼의 실마리였구나

*낙장불입落張不入: 화투 · 투전 · 트럼프 따위에서 판에 한 번 내어 놓은 패는 무르기 위하여 다시 집어들이지 못함.

고독한 죽음, 그 후

안타까운 죽음들이 매스컴을 달군다
내가 아닌 다른 사람의 이야기일까
죽음은 혼자 감당해야 할
개인적 책임이 되었나

1인 가구 증가
아픈 몸 챙겨줄 사람 없는 독거자
가족과 지인들의 불편한 관계와 무관심
열악한 삶과 사회적 복지제도의 빈곤

안락사
임종과 장례의 의미 모호
살아생전 어찌 되었든
영혼이라도 자연에서 평안한
산분장散粉葬*으로 장례문화 변화되어야

호화로운 조화弔花와 납골당
왕릉으로 착각할 봉분의 거대함에서 벗어나

마지막 가는 길만이라도 평화롭게
행복했으면 좋으련

*산분장散粉葬: 죽어서 홀가분하게 시신을 화장하고 남은 뼛가루를 산과 강 등에 뿌리는 장사 방법.

괴나리봇짐

울면서 태어났고
웃으면서 가야 하는데
가는 길은 정해진 게 없는
인생의 길, 그래서 살 만한 것이지

먼 길을 떠난다
손에 들고, 머리에 이고
어깨에 메고, 등에 걸머지고
무엇을 담은 봇짐인가

머나먼 길을 가기 위해서는
가볍게 등에 걸머메고
터벅터벅 쉼 없이 걸아야 해

수의 한 벌, 짚신 한 켤레면 족한 삶인데
그 난리를 피웠구나
헐렁한 보자기에 싸
등에 걸머메고 떠나자구나

손선희

- 교육공무원 역임
- 죽전시문학회 회원

애타는 사랑

– 벌이 없다

꽁무니에 자그만 호박을 달고
살포시 꽃을 피웠다

노오란 방문 활짝 열어놓고
절정의 향기 흩뿌리며
벌 나비 불러보지만

손 내밀면 닿을 듯한 거리에
멋쟁이 님도 조바심이 났나
기다리는 중매쟁이는 오지 않고
손 하트만 날리고 있네

걸어갈 수도
뛰어갈 수도
상처받은 자존심에
방문 닫아걸고
시름시름
뚝~
고갤 떨군다

처서

여름내 그리웠던 그 님이
가을빛 슈트를 걸쳐 입고 멋지게 나타났다

살금살금 문턱을 넘어
하나 가득 선물을
안고 내게로 왔다

얼마만인가
부벼대는 속살은 감미로웠지
꿈같은 밤
사랑은 말이 없는 걸까

새벽녘
남의 눈에 띌세라 창문 넘어 훌쩍 가버렸다
간다온단 말은 없었다

오늘이 처서라 했다

목련

가지마다 봉긋봉긋 그리움 매달고
기다림의 목마름으로
하늘 향해 부르는 연가

베르테르여
나의 베르테르여
이내 지쳐 눈물 쏟을 것만 같아

바람 앞에서도 꺾이지 마라
그리움의 진통 이겨내며
그냥 그렇게 피어있어라

고고해서 더 처연한
가슴 아픈
4월의 목련이여

파인애플

뾰족한 말을 품은 푸른 가시
새길 때 아픈 노란 그림자
몸통보다 크게 하늘로 솟은 자존심

쨍한 잘 벼려진 칼로
푸르고 노오란 너의 옷을 한 겹 벗긴다

부드러운 속살
섬세한 마음결을 따라 흐르는 진한 향기
지켜주마 마음을 흔드는 굳은 심지
망설이며
행여나 조심조심 너를 들어 올린다

그리고 결국
애초에 정해져 있던 것처럼
가득 찬 행복과 섬세한 불안을 함께 맛본다
그래

바로 너
파인애플

너 없인 살 수 없어

쌀 포대를 풀지 못해 가위로 잘라 버렸는데
이렇게 쉬운 거였어?

먹통 노트북
병원에 검진 받으려다가
자가 치료 10초 후에
와우~ 마술같이 살아났어

토란 줄기 손질법
이 복잡한 과정을
누가 소상히 가르쳐줄까

요가 초보자 스트레칭
이것도 물어봤지
역시 자세히도 알려 주네

어디 이것뿐이겠어?

그래
아쉬울 때마다 불러내도
싫은 내색 없이 가르쳐 주는 그대

그대 없이는 살 수 없어
만능 선생님
바로 you

youtube야

화담숲 · 1

화담숲에는

가막살나무 길마가지나무 쉬땅나무
고추나무 작살나무 자작나무가 있고

한라개승마풀 산오이풀 좁살풀 처녀치마풀
털부처꽃 마타리 갯기름나물 어수리나물이 산다

어린아이 늙은이
뚱뚱이 홀쭉이가
노랑 빨강 단풍이 되어
바람 따라 흔들리는데

낙상홍 나무 열매 위
거친 숨을 몰아쉬는
기력 쇠한 잠자리

노란 국화꽃 위

생의 마지막 호흡을 가다듬는
산호랑나비의 가는 숨이 흩어진다

늦가을
화담숲이 차갑다

화담숲 · 2

화담숲 소나무들
언뜻 보면 멋쟁이
어찌 보면 측은하고 불쌍하다
자기의 의지대로 자유롭게 자란 소나무는 없다
원하든 아니든
휘돌아 내리든지
가지를 틀어 올리든지
재미있는 형상들이어야 거기에 설 자격이 있다

오랜 세월
피나는 고통을 참고 이겨낸 보상으로
지금 화담 무대에 서서 공연을 하고 있는 것이다

내리쬐는 폭염
혹독한 눈보라를 맞으며
판토마임을 보여주고 있는 것이다

나무야

관객이 떠나가거든

올렸던 팔 내리고 동여맨 허리띠 풀고

좀 쉬려므나

옥상에서

얼마 전 옥상이 있는 집을 사서 이사를 했다
내 눈길이 닿는 만큼의 하늘도 샀다
밤하늘의 별들은 덤으로 왔지

바람은 쉴 새 없이 나를 간지럽히고
꼬리 물고 들고나는 비행기는
얼마 전 다녀온 호주 뉴질랜드로 나를 실어 나른다

휘황찬란한 조명과 젊음이 넘실대는
오페라하우스의 밤이 소환되고
끝없이 펼쳐진 녹색의 평원
유빙이 섞여 밀크 블루색을 연출해내는
와카티푸 호수를 배경으로 사진도 찍었지
날아갈 듯 세찬 바람을 견디고 서 있는
데카포 호숫가의 세상에서 제일 작은 교회라는
'선한 목자 교회' 는
신앙이 없는 남편도 기도하게 만드는 경건함이 감돌았어

끝없이 이어지는 웅장한 산맥들을 보며
한없이 작아지는 나를 보았지
그렇지

우주 속의 나
얼마만큼 작은 존재인 거야

텃밭

노오란 쑥갓 꽃이
그리움으로 내려앉은 칠월의 오후

쑥쑥 자라
씨앗 여무는 상추대공 옆으로
진딧물에 시달리는 고춧대는
시들시들 두통을 앓고
노오란 호박잎은 불임을 선포했다

말을 안 한다고
속 모르는 거 아니거든

물엿처럼 끈끈하게 녹아
진물 흘리는 잎을 닦으며
바윗돌처럼 무거운
한숨을 토해 낸다

그 놈의 두통

너는 앓지 마

아프지 마~

혼자만의 카페에 앉아

소낙비는 쏟아지고
호박잎에 비 떨어지는 소리

커피잔 앞에 놓고
가만히 내 안의 나를 본다

사랑하는 님이 있어
여기까지 왔고
좋아하는 시집을 읽을 수 있는 호사를 누리는 건
오롯이 님의 은혜

빨간 고추 주렁주렁
함초롬히 소낙비를 온몸으로 맞아들이는
저 고춧대의 공손함을 배워야 해

베어내도 또 올라오고
베어내도 또 올라오는
부추의 끈질김도

사막기후에 적합한 저 선인장도
기나긴 장마 속에 살아남잖아?

기는 과정 없이 날기는 어려운 거야
충실히 기어야 해
날갯짓하며 훨훨 나는 때가
분명 오리니

비는 잦아들고 동녘 하늘에
무지개 떴다

손정숙

- 『국제문예』 등단
- 가천대 시창작반 수료
- 초우문학 효백일장 대상
- 죽전시문학회 회원

3월의 슬픔
불씨를 살려 봐
봄비 내리는 날
실컷 마셔 보리 이 여름을
황산에 올라
가을 한가운데
모서리
내 곁으로 온 소
딸아!
장미 닮은

3월의 슬픔

날개 접고 새장에 갇혀
붙박이가 된 지 두어 달

겨울은 얼룩을 남기며 뒤돌아보고
봄은 문지방 밟고 서성인다

널뛰기하며 물고 늘어지는 코로나19
사계절 주무르려나 보다

북두칠성 빛을 잃고
나침반도 헐떡인 지 오래

노랑치마에 물들고
나비는 비를 피하고 있다

불씨를 살려 봐

씨 뿌리고 가꾸며 추수한 열매
제 곳간 찾아 떠났다

한 톨도 남지 않은
썰렁한 뒤주

찬바람이 몰아쳐
마르고 뒤틀리던 때

틈새로 들려오는
나지막한 목소리

"네 곁에 시詩가 있잖아
불씨를 살려 봐"

간만에 눈 떠
시를 주워 채우니

걸어오는 행복
아, 이거구나!

봄비 내리는 날

젖어서 웃고
살을 도려내어
아픔도 맛본다

춤춰서 좋고
눈물 쏟아
싫다

만남도
헤어짐도
수레바퀴 하나인 걸

실컷 마셔 보리 이 여름을

계절이 그리는 포물선 한가운데
짙푸른 주름치마 펄럭인다

냇물에 첨벙거리던 빛바랜 필름
노을 진 가슴으로 달려와
옷을 벗긴다

여름 포문을 연 능소화
비지땀 감추고 절벽을 오르는 담쟁이
마른 입술 적셔줄 물세례 기다리며
여름에 흠뻑 취해 있다

떠밀지 않아도 바람이 싣고 갈 너
숲을, 바다를 끌어안고
실컷 마셔 보리
이 여름을

황산에 올라

신령의 손끝에서 나와
그리 고운 거니
용이 일어설 때
용틀임에 놀란 거니

기암괴석 세우고
바위틈새 솟은 의젓한 소나무도
폭포수 바라보며
줄타기에 바쁘다

시신봉에서
외치는 "야호"
8도 음파로 되돌아오고

뭇 화가 시인들의
단골 모델 앞에
혼을 빼앗긴 이백도
붓을 던졌다지

천둥번개가 때려도
뚝심으로 굳은 절개
꿋꿋하구나

내 혼도 그곳에 심어
천만 년 살어리랏다
만고풍상에 닳고 닳아도

가을 한가운데

푸른 물감 뿌리고
온갖 재주 부리는 하늘
숨을 고르며 구슬땀 속에
묻힌 진주를 토하고 있다

가을 벌판을 가로지르는 소슬바람
붉은 잎 몰고 오다 가슴에 안겨주고
겨울왕국을 향하고 있다

밖엔 벌써 탈바꿈할 계절
도시를 맴돌며
나팔을 불고 있다

세월을 갈아탄 황혼길
탈을 수없이 바꿔 쓰며
행복이란 이름표 달고
서서히 내려가고 있다

나도 가고 너도 가는 길
울다 웃다 쌓인 주름살
수많은 별이 된 훈장
나도 가을이다

모서리

찾아와 주는 이 없고
돌봐주는 이 없어 외로운 나날

어쩌다 살갗에 닿으면
헛발질하다 떨어뜨린다

옆구리를 꾹꾹 찔러도
말없이 떠나버려
누구와도 잡을 수 없는 손

찍히고 할퀴어 부서지는 날
둥글고 싶은 바램
내일이 꺾인다

내 곁으로 온 소

목련꽃 웃음 짓던 날
서른 살 우직한 소가 다가와
대문 열고 맞이했다

앞뒤 뒤섞여 헤맬 때
꽃밭인 양 따라나선 그 길
엉겅퀴 속 자갈밭에 빠져
허우적거렸다

멍에에 실은 온갖 파도
밀물에 숨죽이고 썰물에 진 얼룩
다독이며 구르다 보니
종착역에 다가가고 있다

고흐, 세종대왕도 소띠
님들의 버금가는 줄서기는 아녀도
술 한 잔에 담아온 40년 사랑
오늘도 채우고 있다

딸아!

- 중국어 동시통역사를 응원하며

외줄 타다 떨어져
푹 파인 상처에 헉헉대던 스무 살
별빛 끌어안고 가까스로
긴 터널 용케도 빠져 나왔구나

어릴 적 그리도 밀쳐내던 한자漢字
품에 안고 천만 번 되새김하며
한 우물 파던 너

이역만리 만리장성에서
낯선 언어의 베틀에 앉아
묵묵히 비단 한 올 한 올 짜던 길쌈
눈부시게 틀을 갖춰
월계관을 손 안에 넣었지

딸아!
네 앞에 펼쳐진 하늘무대
으스러지지 않게 언어의 탑을 꽉 붙잡고

대륙 곳곳에 네 숨결이 새겨져

팡파르가 울려 퍼지길

잡은 손에 우주의 기를 모은다

장미 닮은

겹겹이 붉은 입술
뿜어대는 방향제

냉큼 달려가 안기다
숨은 가시에 놀라

돌아서서 이내
달빛 끌어안는다

가시 없는 꽃 되어
널 깨우고 싶다

오정림

- 시인 『문예사조』 등단
- 산림공무원 퇴직
- 한국문인협회 회원
- 문예사조 회원
- 용인문인협회 회원
- 죽전시문학회 회원

고희 여중생

가슴 저 깊은 귀퉁이에
파랗다 못해 거무레한
멍꽃 하나
소리 없이 피었다가 졌다가

누가 알랴 쉬쉬
감추느라 살금살금
며느리, 사위에게도
보이고 싶지 않네

가난인가 부모인가
그 시절 탓인가
묻고 산 한숨

구부정 흰머리가 되어
자존심 누르고
내딛는 발길
그 한 풀어내 볼까나

한 개 들어오면
두 개 날아가 버린 머리
다리, 허리 아파도
오늘도 학교로 간다

나는야 황혼의 만학도

갯버들

아 얼마나 기다렸나
살포시 안길 물바람을
꼬물꼬물 아가들의 눈망울을

소스라친 꽃샘추위에
꼭꼭 싸맨 빨강 보자기
봄 아가씨 물바람 총각
사랑놀이에 풀렸네

보자기에서 튀어나온 꼬무랭이들
깜짝 놀라 초롱초롱 눈뜨고
살금살금 술래놀이
실가지 흔들어 그네도 타네

갯가에 피어 화려하지 않은 겸손함
잎인 듯 스쳐버린 눈길 속에서도
제일 먼저 봄 편지 가져오는
발 빠른 갯버들

나뭇잎

친구가 보낸 카톡 인사에
나뭇잎이 싱그러웠는데
우리를 닮은 낙엽이었네

기다리던 새싹 움틀 때
잎이 여려 만질 수 없을 때도
나무는 온몸으로 지켜주고

뜨거운 여름 푸른 잎은
뿌리 끝 힘까지 끌어온 엽록소
서늘한 바람 가을 싣고 오면

쬐금씩 조금씩 살 내려
키워준 보람에 되돌리고
원색으로 돌아간 아픔도 환희 되어

붉게 붉게 물들이다가
한줌 흙으로 바람으로
윤회 바퀴 돌린다

내가 아닌 나

차도 횡단보도 건너던 중
빨간 불로 변하기에 재빨리 뛰었다
앗! 무심결에 비명을 지르며
아픔 없이 내가 허공으로 떴다

차는 나를 깔아뭉개고
급브레이크를 밟고 제자리에 멈췄으나
나는 차 옆에 걸쳐 지붕 위에 누웠다
또 하나의 나, 그림자가 차에 치었다

그림자에 다시 생명을 불어넣고
순간 놀램을 뒤로하는데
안도의 웃음과 함께 퍼뜩 떠오르는
나의 먼 훗날, 그리운 그 사람

행여 내가, 아니 당신이
이 세상을 떠난 후라도
아름다운 추억의 환상들이

그림자 되어 돌아온다면

나는 다시 생기를 불어넣어 맞이하리라

바람개비

당신은 바람
난 개비
가장자리 귓가 휘돌이에
철부지 되어 뱅그르 뱅뱅

앞가슴으로 오는 사랑
노랑 파랑 휘이휙 휙휙
세상 거칠 것 없이 돌고 도니
길손도 미소 짓네

바람 자는 날
꼼짝 못하고 멍하니 서서
한 바퀴도 못 돌리는
허깨비 허수아비입니다

행여 변덕스런 날
강풍이라도 불면
조각되는 운명
나는 바람개비

배불뚝이

엄마가 사랑하는 장독대
배 불룩 내밀고
정월 말날 임신한다

메주만은 안 돼요
소금물 햇볕도
어우러야 된다네요

햇살 머금고 메주 속 들락이며
소금물 사랑 열 달
간장 된장 쌍둥이 낳았네

애지중지 맑은 장
검은색 짙은 맛 키워내
나물에 국에 넣으면 고유의 단맛

외래 입맛에 두둑맞은 전통
사라져가는 장 담그는 날을
장독대는 외로이 바라만 본다

바램

일찍 잠자면 눈썹 희어진다고
성냥개비로 눈 고이다가
새벽녘 깊은 잠마저 깨우신 엄니
내복 차림 불려나간 골목길 초입

비틀비틀 선잠 깬 발걸음에
어머니는 한 묶음 짚단 가져와
불 한 줌씩 피워가며
열 번을 넘으시라네

춥고 졸리고 연기에 콜록콜록
짜증내는 오빠, 우는 여동생
투덜대고 옷 쥐어뜯고
좋알거리던 우리에게 하신 말씀

'이렇게 해야 올해 부스럼 안 난단다'
변변한 약도 병원도 없이
일곱 남매 키우시며

매일 새벽 조항물 떠 놓으신 어머니

그곳에서 보고 계시나요
두 아이에게 회초리 든 제 모습을
어머니는 매 한 번 안 드시고
그 많은 자식들 어찌 키우셨나요

사모님 일을 하세요

하루 한 끼도 그득하다
답답한 가슴은 숨 쪼이고
내 몸매는 두꺼비 닮아간다

설잠 실눈으로 허깨비 본다
수만 개 헛된 생각 파편들이
머릿속 우주공간을 떠돈다

온몸 아프다 변명거리 찾고
동녘 창가로 아침이 달려오는데
나는 이불 속으로 밤을 찾아간다

개천길 뒷산길 시작은 좋았지만
서예 수영장 돈만 버리고
벗들의 부름에도 핑계만 늘어가네

병원만 들락날락 한 가득 약 처방
안경 넘어 차가운 눈빛으로

의사의 볼멘소리

사모님 일을 좀 하셔요…

수건

아! 너 없이는 안 돼
한두 끼니 굶을 순 있어도
너 없이는 안 되겠어

안경 없이 외출할 수 있어도
너 없이는 눈 뜰 수도
한 걸음 걸을 수도 없어

은밀한 비밀 다 내보이고
네가 내 살결 더듬고 난 후
상큼한 기분 하늘을 난다

물방울 먹고 살아
마음도 고와서
온몸 다 낡아지도록
내게 행복을 주는 너

하루라도 안 만나면 살 수가 없고

엎질러진 물에도 너만 찾는
나와 뗄 수 없는
없는 듯 있는 동반자 수건

보이지 않는 가을

나뭇잎 가을 사랑해
고운 자태 빚으려
온몸 태워 곱고

하늘 가을 사랑해
씻기고 씻긴 구름 한 자락
온몸 두르고 유유하다

인생의 가을에
밤이면 컴에 앉아
희망이 와 실랑이해도

나 그대 사랑해
고운 단풍 흰 구름도
병풍 친 그리움에 가려
보이질 않네

이경숙

- 교육공무원 정년퇴임
- 2013년 『한국현대시문학』 신인상 등단
- 한국문인협회 회원, 용인문인협회 회원
- 죽전시문학회 회원
- 2022년 7월 첫 시집 《자작나무 숲으로》 발간

깃털처럼

움켜 쥔 붉은 꽃잎
강물 위에 흘려 보내고

잊어야 할 돌덩이
풀숲에 묻어 버리면

나 깃털처럼
가볍게 날아오를까

까르륵
지나가던 바람
나를 보고 웃는다

매실청, 진한 사랑

새콤 떨떠름한 걸
어쩌겠어
너는 왜 떫냐고 묻지 마

새콤은 봐 주겠는데
떨떠름은 싫다고 하면
난 어쩔 수가 없어
그게 나인 걸

설탕 범벅 사랑을 주든가
오래오래 가슴에 품고
숨 막히도록 안아 줘

달콤하게 녹아 버릴 테니

꽃잎 하나

징검다리 건너며
하얀 꽃잎 하나
물 위에 띄워 보냈지

머뭇머뭇하다 뱅글 돌더니
뒤도 안 보고 흘러가더라

무심히
흘러가는 것이 너뿐이랴

떠나 버린 것은
늘 그리운 게야

갈 테면 가라

가야만 할 사람
보내기가 그리 쉬운 가요

허공을 맴돌던 칼끝
정수리를 스쳐 지나가고
붙잡고 싶은 부질없는 생각을
부숴버립니다

그래, 가거라
갈 테면 가라지

딩동댕
서러움도 잠시
붉은 해 힘차게 떠오르리라

축복받은 날

한 번 길 떠나면
돌아오지 못하는 너
이제야 찾아오는가

너의 얼굴 볼 수 있는 지금
따뜻이 손잡고
눈누난나 사랑하리라

힘 부쳐 주저앉고 싶을 땐
하늘 향해 길을 묻고
새 힘을 얻으리라던 지난날

이제야 오시는가
기도하며 기다리던 너

오늘 분명
축복받은 날이려니

어느 여름밤

밤을 새우며
여름비는 퍼붓고

보는 이 없어도
텔레비전 저 혼자 웅얼거리네

이 밤
빗길 달려가는 자동차
제 갈 길 잘도 간다

가뭇한 꿈길
간절하게 손잡아 본
혼곤한 새벽의 기억

빈 가슴에 뜨거운 바람
한 점 인다

그땐 그랬어

다듬잇돌 깨질라
대청마루 가득한 다듬잇소리
풀 먹인 홑이불 위에서 춤을 춘다
빨랫줄에 치렁치렁 널어놓으면
홑이불청 펄럭이며 숨바꼭질하고
빳빳하고 정갈한 엄마의 사랑
손때 묻혀 시커먼 전쟁터 만들었지
이쯤 되면 엄마의 높은 소프라노 소리
벌 받고 쫄쫄 땀 흘려야 했어
그땐 그랬어

울 아버지
예쁜 여자랑 다정하게 찍은 사진 눈에 띄었어
양복바지 칼날같이 다려 입고
넥타이 중절모 쓴 아버지 곁에
비스듬히 기대앉은 투피스 여자 너무 예뻤어
우리 엄마 옥양목 포플린 치마저고리
댈 것도 아닌 거야
연필 끝에 침을 묻혀

여자의 두 눈을 호벼 팠어
들킬까 봐 가슴은 벌렁벌렁
엄마는 깔깔 웃기만 했지
그땐 그랬어

광주초등학교 느티나무
뿌리가 뽑힐 듯 흔들리고
키 큰 미루나무 한 그루 드디어 허리가 부러졌지
가까이에서 처음 본 헬리콥터엔
대롱대롱 피아노 한 대 매달려 있었어
헬리콥터 회오리바람과 함께 내려앉고
하얀 원피스 입은 나
꽃다발과 함께 헬리콥터 위로 올려 보냈지
무섭기만 한 미군 아저씨
달달 떠는 내 볼에 뽀뽀를 했어
아저씨의 즉흥 피아노 연주
학교에 가득 울려 퍼졌지
그땐 그랬어

이십 초

죽을 동 살 동
사랑싸움 한다

이십 초 지나도록
째려보고 서 있다

빗장 질러 놓은 가슴
풀떼기죽 쑨다

진 거다

최서윤

- 가천대 시창작학과 수료
- 『문학과 비평』 신인상 등단
- 시집 《오늘은 꽃길만 걷는다》

백합꽃 향기

노랑 백합꽃 향기 너무 진하여
문이 절로 열린다

커다랗게 핀 열여덟 송이는
새벽부터 향기로
아침을 깨운다

오후 내 다른 무리는
얼씬도 못하게 하니
바늘꽃 두 송이 기죽어
곧 쓰러질 듯하다

밤이 되자 꽃들이 속삭이며
어깨동무하고
새로운 행복을 찾는다

잘 걸어온 힐링의 시간
소소한 기쁨을 느끼기에
충분하다

신호등이 깜빡거린다

무성하게 자라던 기억들
다 어디로 갔을까
생각의 신호등이 깜빡거리네

지난해 묵정밭에 심어 두었던
맵시 고운 언어들
지우개가 언제
지우고 갔는지 흔적도 없고

기억을 더듬으며
온 가슴을 뒤져봐도
스쳐 간 바람처럼
심장이 움직이질 않는다

새소리 물소리 바람소리를
화음으로 엮고
녹색 숨구멍이 있는 숲에서
나무와 같이 세포호흡을 즐긴다

우울증 늪에 빠졌다

소리소문 없이 우 선생이 찾아와
쳐 놓은 늪에 빠졌다

늪에 갇혀 빠져 나오지를 못하고
허우적대며 너무 힘이 든다

이제 그만 헤어지자고 어르고 달래 보지만
꼼짝도 하지 않는다

내 마음에 육모정 하나 만들어
구름도 쉬어 가고 바람도 놀다 가게 하고 싶은데

제발 나 좀 예전의 나로
돌려주기를 바란다 우 선생

꽃 도배한 양재천

꽃바람이 허공에 가득하고
활짝 핀 꽃 보며
얼굴 주름을 편다

마음이 너울거리고
꽃 핀 가지 올려 보며
고개를 주억거린다

양재천에 모인 사람들
꽃방석에 앉아
더덩실 어깨춤을 추고

가슴 속을 다 뒤쳐 봐도
해 줄 말을 찾지 못해
마음 속에 씨앗 하나 심는다

겨울역

눈부신 봄날과
마주하게 되어
반갑다

저마다 아름다움을
뽐내는 꽃이 피기 때문에
봄이다

봄꽃 향기에 취해
세월 따라 가는
청춘을 붙잡지 못했고

거친 풍파에 이리저리 흔들리다 보니
어느새 겨울역을 향해
떠밀려 왔다

못 살 것 같았던 겨울역
둥지 틀고 살다 보니

따사로운 햇살도 있고

살 만한 고향이 있다

여름 숲으로

초여름엔 치유력이 가득한
숲으로 간다

미세먼지에 찌든 목과 눈
산소로 깨끗이 씻어 주고

세월에 지친 심신 말끔히 헹궈
면역력 키우러 가자

피톤치드에 푸욱 빠져
코로나를 대적할 힘을 올리고

허리 부러진 햇살
주머니에 가득 담아오고

그래도 시간이 있으면
바람소리 두어 가마니 담아와
온 집안에 풀어 놓으려 한다

보석 같은 추억

마음에 잔잔히 물결을 일으킨
구중궁궐 너른 풍경과 아름다운 풍광
시인님들의 고운 얼굴이
영화관의 스크린처럼
머릿속에 가득 차 아른거리고
가슴은 어김없이 행복감으로 충만하다

몸은 물에 적신 솜처럼
천근만근 무거운데
좀처럼 잠을 이루지 못하고
새벽 시계는 다섯 시를 가리키는 시침이
날카롭게 째려보고 있다

노곤한 몸이 젊어지고 온 마음
잠 놓치고 표류하던 밤은 수습 못한 채
오늘이 보석 같은 추억이 되어
보석함 서랍에 저장해 놓고
오늘이 가장 젊고 건강한 날이라고
가슴에 심고 말았다

그리움 하나

해 그늘이 내린 봄날
창밖을 바라보며
추억에 취해 있는
가녀린 그녀 모습
오롯이
그리움 하나
쓴 커피로 달랜다

허공 속 길을 따라
구름의 옆구리에
비슷이 기대인 채
과거를 뒤척이며
기억의
부스러기를
떨쳐내려 애쓴다

눈물을 억수로 쏟는다

하나님이 이렇게 오래 우시더니
몹시 슬픈가 보다
아침부터 눈물을 억수로 쏟는다
유리창을 마구마구 때리며 울더니
이젠 소리 내어 울기까지 한다

울다 지쳐 한숨 쉬더니
슬픔이 복받쳤는지 다시 울고
우는 모습 보이지 않으려
암막도 쳐 놓고

종일 그렇게 울기를 반복한다
하늘이 울고 있는 사이
한 벌뿐인 내 심장까지
흠뻑 젖고 말았다

대모산 야생공원

세월을 율동하는 햇살과
초록향기가 유혹하는
향기 공원

샛노랗게 피어
마음을 사로잡는 달맞이꽃
무언의 사랑 인사로
눈맞춤한다

며칠 전 가슴에 담아 두었던
백리향이 반가워
향을 듬뿍 뿜으며
뒤를 따르고

꽃의 계절
푸짐하게 차린 성찬을 맛보며
오감이 호강하는 꽃 잔치

시원한 산소로 샤워하고
피톤치드 범벅 된 숲에서
가슴 열고 벅차게 흡입한다

최영희

• 죽전시문학회 회원
• 농부 시인

거품이 되어 흘러갔다

흘러가는
주술사 그 사람
혈액형R 비상임 이사
정보의 염력 왕 법사
봄꽃은 여름에 흘러갔다
검은 강물에 둥둥 거품 떠돌고
욕망의 등뼈에 올라탄 그 암세포
허망의 노래를 부르는 발암물질들
지구 끝에서 지평선까지 전화벨은 울리고
너의 주술은 세상의 뇌를 해킹했다
주술나라를 꿈꾼다

거품으로 생산한 유다와 그 형제
초록은 동색인 암세포와
억의 음모자들
운전대를 잡은 유다의 운명

안 봐도 비디오야

안 봐도 비디오지
피가 말라버린 거품쟁이 유다
모세혈관에 거품이 흐르는
유다의 눈알을 닮은 유딸들
굵은 밧줄에 운명을 걸어 매고
흘러간다
흘러간다
유다의 한 쪽 신발이
무간지옥으로 둥둥

애월읍 카페의 탱고

타조다리 문신녀
깡마른 이쑤시개 아가씨
윙크를 날리는 배꼽여자
배불뚝이 메뚜기 떼
바다를 식탁 삼아 커피와 빵을 입에 쑤셔 넣는다
가슴 힐끗 허리 흘끔
마릴린 먼로로 착각하며 사진도 찍고
속닥속닥
거품웃음을 날려보낸다

비가 내리다 멈추고
음모를 꾸미는 비의 탱고

고등어 묵은지 맛집
한 끼 밥 싹쓸이한다
메뚜기들 뱃살에 3킬로 입고시켰다
자본가들은
혀를 속박, 자본을 재생산한다
혓바닥 살이 통통하다

'우리' 라는 말에게

'우리' 라는 말씀
달콤한 초콜릿 맛
우리 입속에 쏙 들어오네
그 말속에
코뚜레 감춰져 있다
독안에 든 양반 우리만의 핏줄
염소도 순종 핏줄이 있듯
까마귀 떼
구름 밑을 날아가며
"우리가 남이가" 한 마디
'우리' 라는 이름은
코뚜레 뚫린
독 인에 든 쥐들이거나, 우물 안 개구리거나
나의 나라
나의 여러분

백합꽃 죽을힘을 다해 피었다

뻐꾸기 홀로 울고
바람 곤두박질 치는 날
땅속에
겨울시간의 족쇄를 차고 있다
까마귀 쉰 울음소리 들리면
봄이 왔다
푸른 싹
언 땅을 견디고
그래, 죽을힘을 다해
꽃대 한 줄기 밀어올려
별보다 빛나는
하얀 은하수를 매달았다
백합 꽃 향기 가슴에 품고
봄에게 왔다
내 마음 별이 가득하다

가을을 염殮한다

얼룩무늬 전투복에 조선낫을 들고
들깨밭 들어서니
가을냄새 풍겨왔다
아내와 싸우고 가출한 사내
앙 다문 등산화를 신고
날이 시퍼런 낫으로
출산일 놓쳐
농익은 들깨 할애비를 베어
대장동 돈벼락 쏟아지듯
깨판을 쳤다
자연이 주는 만큼 받아라
들깨를 염殮한다

축제

푸른 축제의 여름이 지난 밭은
와불처럼 침묵한다
매미들 노래는 산그늘마냥 벙어리다
밭고랑 산발넝쿨 시들고
까마귀 떼 우지지는 겨울날
찬바람이 불어왔다
밭에서 자란 구근들은
겨울식탁의 이야기를 낳는다
밭은 컨베어 벨트처럼 흙은 돌지 않는다
먼 빛을 간직한 밭은
눈보라
싸락눈을 맞이할
텅 빈 가슴을 내어준다

꽃들의 일기

흰 꽃잎 모두 떨구고
백합 꽃 늙은 빈 꽃대
아버지 닮았다
하늘만 바라보고
멍하니
필 때는 화려해도
꽃 지려 하니 꿀 따는 벌 소식 없고
흰나비 골목길 돌아 날아간다
달 밝은 밤
개망초 흰 눈 쏟아지듯 활짝 내렸다
아득하구나
꽃은 지고
먼 산 바라보고 있는 빈 꽃대
능소화 붉은 여우 입술
꽃잎마다 무덤 하나씩 갖고 태어났다
우수수 지는구나 열흘에

잡초

비바람에 흔들리지 않는
강철잡초
사나운 제초제 비 내린다
황달 든 매혈자의 얼굴
잡초는 적이 아니다
뿌리는 흙에 묻고 푸른 꽃대 세워
홀로 꽃 피우고 씨앗을 맺는
이름 없는 독립자
잡초를 사랑하지 않는다
사랑 받지 않는 잡초는
미움의 가시가 없는 고독한 독립자

내소사에서 누이

절 마당 흙 밟는 소리
아삭 아삭
등 굽은 누이 손을 잡고
백팔번뇌 돌계단 올라서니
뎅그렁뎅그렁
풍경소리 구름에 날아간다
단청 벗은 기둥에 기대어
누이는 합장 백팔 배를 올렸다
나무아미타불
불경은 귀 아래 쌓이고
단풍 물든 산 그림자 마당에 누웠다
열 번이나 실연한 누이와 사진을 남기고
눈물을 훔치는 누이
"왜 우시오?"
묻니
내 모를 눈물이라고 하네

아내의 황혼

황혼 빛 조강지처
심장은 덜컹덜컹
뼛속은 휘휘 바람이 분다
그대는 병원의자에 앉아
황혼을 닮아가네

표석화

- 교육공무원 정년 퇴임
- 죽전시문학회 회원
- 용인문협 회원

시골 산책길

덤불 속 영산홍
헐떡헐떡
얼굴 벌개질 때까지
먼지 속 덤불 걷어낸다

마음속까지
아 시원해

기지개 펴는 하얀 영산홍
꽃 한 송이 두 송이 활짝활짝
손 흔들며 방글방글

산속 대추나무
검불 여기저기 꼬아가며 올라가
허리 휘어져 있다
검불 검불
가위로 마구마구 걷어 내니
휜 허리 휘청 펴진다

옆 눈으로 슬쩍 웃어 준다

대추 열매 많이 달아 볼까나 약속

농촌의 여름

벚나무
아카시아
족제비싸리
뽕나무

곤지암천 근처 사이 좋게 순서대로 꽃이 피고 지고
뽕나무 꽃은 언제 피고 졌는지
시커먼 열매 다닥다닥

넓은 논 물대고 모내기 끝내니
개구리밥 자리 차지하고
개구리 모이겠지

매실 방울방울
농부 손 바빠지는데

나 좀 봐요
진한 보라 엉겅퀴

몸 비비 꼬고

농촌은 여름으로 가고 있다

유월

슬픈 유월 바람
가슴의 눈물 흐른다

칡넝쿨 쑥쑥
내미는 손
쏟아지는 쨍쨍 햇볕
눈부신 유월의 그리운 내음

아카시아 꽃 지고
강렬한 장미 뽐내는 옆
금계국 흔들흔들
족제비싸리 까만 얼굴 내밀고

나비 바늘 꽃
나 예뻐요

유월
빈 가슴으로 안아 본다

두만강까지 끌려갔다 돌아온 아버지
할머니 엄마와 셋이
천안삼거리 한 구석에서 과일 몇 개 놓고 팔던
그때가 생각나는 듯하다

유월

징검다리

물이 많으면 콸콸
징검다리 옆 신나게 흐르고

물이 적으면 졸졸
징검다리 쓰다듬으며 흐르고

징검다리 이래도 저래도
묵묵히 견뎌내고 있다

하얀 개와 노인
징검다리 건너다 개 물속에 빠졌다
노인도 같이 물속에 들어간다

징검다리 같이 깔깔 웃는다
시원하니

구경꾼 웃을까 말까

엄마

사랑 감사 희생
우리 삶의 큰 존재
닮고 싶은 사람

TV 노래자랑에서 일등 한 사람의 노래가 자작곡
엄마 엄마 엄마

잊지 못할 엄마의 모습을 얘기한 일등이
초등학생이네
나를 꼭 안고 사랑스러운 눈동자로 마주 보는
그 모습이 제일이었다네요
희생으로 힘든 삶을 산 엄마도 훌륭하지만
사랑의 엄마가 일등이네요

예쁜 것은 다 좋아했던
멋쟁이 우리 엄마
보고 싶어요

친구 찾아

그냥
늘
혼자야
친구는 없어

새로운 환경에 와서 사귀는 중이야

제일 먼저
징검다리 세며 친해지려 해
그런데 어지럽고 무서워

노랑이 민들레와 친해지고 싶은데
하얀 머리하고 떠나려 하네

아기노랑꽃(똥풀)과 친해져 볼까나
가까이하기엔 좀 그래

산비둘기

길고양이 가버리네

산책길 끝이 어디인가
가 보려 마음먹었어
모두 그곳을 행해 가기만 하던데

드디어
마을이 보이고
길 끝이 보이네

거기에
혹시
어린 왕자가 있지 않을까
친구가 있지 않을까

아침

66개 징검다리 두드리며 건너는 길
시냇물 흐르는 소리
유쾌 상쾌

물속에서 벌떡이는 물고기
쉬익
날았다 되돌아오는 오리 두 마리
눈치 보는 고양이 숨소리
저 멀리 있던 고양이 멀리 높이 뛰기
자랑하며 숲속으로 꺼엉충

국제학교 빨강 옷 아이들
신선한 기운 발산하며
하나 둘

모자 선 글라스 신부님 스쳐 지나간다

산 넘어오고 있는 해님
구름 붉게 물들이고 가슴 가득 희망 물들이고

초록 숲의 노래

7일 동안 구애의 노래
쉬지 않고 불러대는
매미들의 합창소리

초록 숲이 짙을수록 합창소리 우렁차다
알토
소프라노
테너
여러 음이 조화를 이루는구나

혼자 우는 애처로움이 아니고
다 같이 화음을 내고 있구나

여름의 노래

8월이 기다려진다

이삿날

눈부시게
벚꽃 춤추는 날에

푸석이던 흙
단비 내리던 날에

기다리고 기다리던
새집으로 이사 가는 날에

반려묘가 동네 구경 갔어요

우리 냥이
하얀 바탕에 검정 귀 얼굴이에요

애타는 맘에 동네 구경해 봅니다

우리도 17년 전에 잃어버릴 뻔했는데요
방석이 냥이 냄새 집 근처에 두세요

당근 우리 동네에 올려 볼까요

잡으려 하지 말고 연락주세요

아
드디어
틈새에 꽁꽁
엉덩이 꼬리만

모두 좋은 꿈 꾸세요

냥이도 같이
기쁜 소식은
새로운 이웃 톡에서
계속

공존

서로가 공존하는 세상

새들은 싸우지 않아요
서로서로
어울려 살지요

비둘기가 물 마실 때
참새는 기다렸다 마셔요

까치가 목욕하면 기다렸다
목욕하는 참새들이지요

오리는 잉어와 싸우지 않아요
물과 함께 어울려 사는 것에 감사하지요

잉어는 물 속에서 오리는 물 위에서
자기 자리 지키며 살아가지요

달님은 별님과 사이 좋게 지내지요
별이 반짝반짝 으스대어도
달님은 은은한 빛 비추며 세상을 온화하게 해 주지요

2022.1.5 SH.

한지혜

• 국어국문학 전공
• 죽전시문학회 회원

그리움

바람 부는 벤치에
인어공주처럼 누워
썰물처럼 그리움 밀려오네

노란 금잔화 내 말 전해다오
나뭇가지 흔드는 종달새의 못 다한
울음과 버무려
빈 잔에 섞어 가득 마시면
꽃처럼 흔들 흔들
취해 산다는 것은
희망의 손을 잡고 기쁨의 열매가
익어 가기를 기다리는 것

아지랑이처럼 날아오르는 하루
행복을 기도하는 한 사람 있네
나를 찾는 전화벨이 울리고 있다

야생화

숲 속 카페의 여행자 되어
목마른 나그네 향기 가득한 숲 속 길 거닌다
햇살처럼 빛나는 푸른 잎들
잎사귀 한 잎 두 잎 바람에 전하는 말
가슴에 푸른 잎 흔들어 주는 몸부림

알아주는 이 없는 곳
나비와 벌 바람과 사귀며
고고하게 피어난 야생화
꿋꿋이 맘껏 피어나라

길을 묻는 나그네에게
꽃들은 활짝 핀 눈으로 행복해 한다

맑은 햇살 산길 따라 이어지고
슬프지 않은 눈으로
먼 산 바라보는 나그네 있어
인생은 야생화 같은 것이라고

겨울나무

한 그루 겨울나무가
나를 기다리고 있는 듯
그렇게 서 있습니다

나무 곁에 기대 보고 싶어
하늘 한 번 쳐다보고
곁에 갑니다

잎 다 떨어진 쓸쓸함의 흔적은
고요한 아름다움입니다
지나갑니다 슬픔이
들려옵니다 다정했던 목소리

앙상한 가지의 흔들림은
침묵의 손을 잡고 힘겹게
일어서겠지요

바람소리도 길고양이의 울음소리도

머뭇거리는 추운 거리에서
아픔의 잎들은 새잎들을
약속하겠지요

장맛비 내리는 날

세차게 쏟아지는 빗소리
내 마음 흔들리고
설렘과 우울의 소리 듣는다

빗소리 들으며
시집을 읽는다

시속 노란 꽃 향기가 내 영혼을 깨우는가
문밖의 저 잎새에 맺힌 빗방울이 내 영혼을 깨우는가
장맛비에 떨어지는
아쉬움의 꽃이여 잎새여
고요히 내려앉는 나의 시여

나는 바람의 속삭임에 침묵한다

7월은

열매들이 익어가고
꽃들이 활짝 피어나고
나뭇잎들 진초록색
7월의 향기들이 나에게로 왔다

거리엔 장맛비 지나가고
햇빛 쨍쨍한 날 젖은 내 마음 말리며
가슴에 시를 쓰는 맑아진 영혼
자연 속 햇살 아래 푸르른 잎새
순간을 노래하네

시냇가 물오리
여름을 마시며
빈 하늘 바라본다

견디고 돌아온 세월 앞에
7월은 아픈 상처들을 아물게 하고
아직 오지 않은 날들에
다정스레 손 내민다

징검다리

어떻게 건너가야 할까
한 발 건너지도 않고
목이 탄다
흐르는 물소리에
모든 것들 지나가게 하고
바람으로 다가오는 봄의 아지랑이
고향의 노래 부르며
응원해 준다
정성을 다해 건너보라고
징검다리 넘어 궁금하니
오늘은 내가
징검다리 되어
너를 건너게 해 주리

산길

숲 사이 좁은 길 구부러진 산길을 걸어간다

자연 속에
산꽃들의 향기

싱그런 바람 타고
산새들도 와 있고
나뭇가지 청설모
쏟아지는 햇빛

오월의 숲 속은
내 마음 시가 되어
길을 찾는다
길은 나에게로 이어지고

그리움에
지난 그리움에
산길 속 봄날을 기억하리

아버지를 그리며

새벽의 그늘 속에서
예전의 아버지가 그랬듯이
베란다 화초에 물을 준다

너울거리는 커다란 화초 이파리 닦아주며
이쁘다 더 이쁘다
창밖의 단풍나무
지저귀는 새들
나 잠에서 깨어난다

뒷짐 지고 산책을 간다
언제인가 어디서 본 듯한 모습으로
고요하게 걷고 있다

근심걱정의 비좁은 세상
아버지의 목소리 들린다
사랑하는 딸, 잘 있는지

그 옛날 아버지 그리며
햇살 가득한 길을 걷는다

나는 꽃이다

한 송이 꽃 들고 미소 짓는다

꽃이 피어나기까지
힘이 들었다고
여기 피어나기까지
순간이 두근거림이었네
고맙게 피어난 고요한 꽃이여
봉긋봉긋 어여쁘다

너로 하여
피어나게 하라
사라져 버린 나의 봄이

너로 하여
웃음 짓게 하여라
다정스런 꽃이여

봄바람 불어오고

그림같이 서 있는

나는 꽃이다

| 편집후기 |

꽃동산에 놀러 온 샛노란 병아리
무조건 어미 따라 졸졸졸
품안에서 잘 자라길

— 명자

코로나19로 두 해를 접어둔 시.

마음 창고에서 꺼내 한 줄 한 줄 틀에 맞춘다.

헝클어져 좀처럼 이어가지 못하고 깊은 수렁에 빠져 허우적거리다 가까스로 점 하나 찍는다.

영영 떠나보내고 싶다가도 깊은 시름을 잠재우고 시, 네게로 달려가 안긴다.

고맙구나 날 살찌워져서….

김태호 선생님 감사합니다!

죽전 시우님 모두 사랑합니다!

— 혜담

한 해 두 해 세월은 앉는데
나의 시는 그 위에서
영글어지는가 하는 부끄러운 마음입니다.

몸들을 부비고 영혼을 밝히며 함께 한 시간들이 행복하였으며 여기까지 오도록 도와주신 모든 분께 감사 인사를 올립니다.

— 오정림

코로나19로 멈췄던 시 공부는 2년여 만에 다시 시작되고 우리는 반가운 마음을 다잡아 많은 시들을 뽑아 올렸습니다.

역시 실력자들 맞습니다. 서로가 서로를 다독이며 앞을 향해 걷는 모습 보기 좋아요. 죽전시문학 영원하기를! 지도해 주시는 김태호 선생님 감사합니다.

— 이경숙

커다란 수국 꽃이 된 우리들
수많은 작은 꽃들이 모여
커다란 꽃 한 송이 만들어냈군요
2012년부터 피우기 시작했나요
많고 많은 시인들이 모여 시 읽고 노래하고
무대에서도 서 보고
꽃 한 송이도
꽃다발도 가슴에 안아보고
등단 시인들도 하나 둘 생기고
더 큰 문인회에 나가 활동하고
용인 버스 정류장 여기저기에 우리의 시가 올라가고
하늘 간 시인들도 계시고
이제는 아픔이 없는 하늘에서 웃고 계시겠지요
시를 배우고 싶어하는 한 명을 위해
기꺼이 도서관에 오시겠다는 선생님
멋지고 훌륭하십니다.
시 안에서 하나 되어

새 친구 되어 깔깔거리고
죽전시문학회 파이팅!

— 표석화

견디고 방황한 마음은 이제야 시를 맞이한다.
짝사랑이 아닌 나의 감성으로 잃어버린 나를 찾아
깊어지는 이야기를 쓸 것이다.
무더위 속에서 그늘 속의 아름다운 숨은 꽃을
찾는 심정으로 고독한 길을 떠날 것이다.
혼자서 떠나는 여행이 아닌
따로 또 같이의 여행으로
우리 죽전시문학회의 발전을 기원하면서……

— 한지혜

죽전詩문학 제8집

•

지은이 / 죽전시문학회 편
발행인 / 김영란
발행처 / 한누리미디어
디자인 / 지선숙

•

08303, 서울시 구로구 구로중앙로18길 40, 2층(구로동)
전화 / (02)379-4514, 379-4519
Fax / (02)379-4516
E-mail/hannury2003@hanmail.net

•

신고번호 / 제 25100-2016-000025호
신고연월일 / 2016. 4. 11
등록일 / 1993. 11. 4

•

초판발행일 / 2022년 9월 5일

•

•

값 12,000원

•

※잘못된 책은 바꿔드립니다.
※이 책은 용인시 문학창작지원금을 지원받아 출판되었습니다.

•

ISBN 978-89-7969-857-2 03810